la courte échelle

Les éditions de la courte échelle inc.

Ginette Anfousse

Née à Montréal, Ginette Anfousse a fait des études aux Beaux-Arts. Après avoir dessiné pour la télévision, les journaux et les magazines, elle se met à écrire. C'est elle qui a créé les personnages Jiji et Pichou, Arthur et Marilou.

Ginette Anfousse a reçu de nombreux prix, autant pour le texte que pour les illustrations: prix du Conseil des Arts; prix d'excellence de l'Association des consommateurs du Québec; prix Québec-Wallonie-Bruxelles; prix Fleury-Mesplet, décerné au meilleur auteur de littérature-jeunesse des dix dernières années; et prix du livre M. Christie. Certains de ses livres ont été traduits en anglais, en chinois et en espagnol.

Le grand rêve de Rosalie est le huitième roman qu'elle publie à la courte échelle. Et comme Ginette Anfousse adore faire rire et sourire les petits et les grands, elle continue de plus belle.

Marisol Sarrazin

Marisol Sarrazin est née à Sainte-Agathe-des-Monts en 1965. Elle est étudiante en Design graphique à l'UQAM. Elle fait des illustrations de toutes sortes. On peut les voir sur des affiches, sur des macarons et dans des manuels scolaires. Elle adore toutes les formes de communications visuelles. Elle rencontre aussi des groupes de jeunes dans les écoles, car elle aime beaucoup discuter avec eux. Chose certaine, elle a du talent à revendre.

Le grand rêve de Rosalie est le cinquième roman qu'elle illustre à la courte échelle.

De la même auteure, à la courte échelle

Collection albums

Série Jiji et Pichou:
Mon ami Pichou
La cachette
La chicane
La varicelle
Le savon
L'hiver ou le bonhomme Sept-Heures
L'école
La fête
La petite soeur
Je boude
Devine?
La grande aventure

Collection Premier Roman

Série Arthur:
Le père d'Arthur
Les barricades d'Arthur

Collection Roman Jeunesse

Série Rosalie:
Les catastrophes de Rosalie
Le héros de Rosalie
Rosalie s'en va-t-en guerre
Les vacances de Rosalie

Collection Roman+
Un terrible secret

Ginette Anfousse

LE GRAND RÊVE DE ROSALIE

**Illustrations
de Marisol Sarrazin**

la courte échelle

Les éditions de la courte échelle inc.

Les éditions de la courte échelle inc.
5243, boul. Saint-Laurent
Montréal (Québec) H2T 1S4

Conception graphique:
Derome design inc.

Révision des textes:
Odette Lord

Dépôt légal, 3e trimestre 1992
Bibliothèque nationale du Québec

Données de catalogage avant publication (Canada)

Anfousse, Ginette

   Le grand rêve de Rosalie

   (Roman Jeunesse; RJ38)

   ISBN 2-89021-182-7

   I. Sarrazin, Marisol, 1965-   . II. Titre.   III. Collection.

PS8551.N42R67 1992   jC843'.54   C92-096235-1
PS9551.N42R67 1992
PZ23.A53R67 1992

À Guillaume Lacoste,
un gros merci pour tes précieux conseils

Prologue

L'ennui avec ma meilleure amie, c'est sa sapristi de mocheté d'intelligence!

Eh oui, Julie Morin calcule aussi vite qu'une calculatrice électronique. Elle ne fait jamais de fautes d'orthographe. Elle connaît par coeur presque toutes les définitions du dictionnaire.

Elle connaît aussi tous les animaux d'Afrique. Tous les poissons du Pacifique. Toutes les marques de voitures. Les meilleurs groupes rock. L'horoscope chinois. Les signes du zodiaque et, bien sûr, les ordinateurs.

Je suppose que c'est parce qu'elle sait tout qu'on s'imagine qu'elle a toujours raison. Enfin, non seulement l'école au complet sait depuis longtemps que Julie Morin est championne en TOUT... mais, depuis ce matin, tout le monde connaît le GRAND RÊVE de Rosalie Dansereau, *la meilleure en RIEN.*

C'était une sapristi de mauvaise idée! Vraiment une sapristi de mocheté de mauvaise idée d'aller tout lui raconter!

Chapitre I

Un pauvre petit cheval-gémeaux!

Ce n'est pas à elle, mais à Pierre-Yves Hamel que je voulais me confier. Mais, pendant toute la fin de la semaine, mon grand héros viking n'a pas eu deux secondes pour m'écouter. Il repeignait, le pauvre, les treize portes de l'appartement de ses parents.

Treize portes vert bouteille foncé à repeindre en blanc! Comme madame sa mère exigeait trois couches de peinture... et que chacune des portes avait deux côtés, c'est finalement soixante-dix-huit portes que mon héros devait repeindre en tout!

Samedi soir, j'ai bien failli tout dire à

mes sept tantes aussi. Mais avant d'annoncer à tante Alice, à tante Béatrice, à tante Colette, à tante Diane, à tante Élise, à tante Florence et à tante Gudule qu'il y avait une superstar dans la famille..., j'ai préféré répéter un peu.

Pendant toute la fin de semaine, je me suis donc mordu la langue. C'est seulement ce matin, en entrant dans la cour de l'école, que tout a commencé. Je veux dire cette sapristi d'envie incontrôlable de tout raconter à quelqu'un et tout de suite.

Quand j'ai aperçu ma meilleure amie, j'ai pris deux secondes pour vérifier si les six vingt-cinq cents que j'avais collés sous mes semelles tenaient toujours. La veille, je les avais fixés avec de la super colle. J'ai crié de loin:

— Ne bouge pas, j'ai quelque chose à te montrer. Tu me diras ce que tu en penses, Julie Morin, O.K.?

J'ai pris une grande respiration, un bon élan et j'ai enchaîné quatre CLAP TAP À CLAP, deux pirouettes et une dizaine de *steppettes*.

Ensuite..., j'ai attendu. J'ai attendu que ma meilleure amie cesse de me regarder avec son petit air qui a toujours l'air au-

dessus de ses affaires et qu'elle me sorte enfin:

— C'est quoi, l'idée, au juste, Rosalie Dansereau?... On aurait dit une sauterelle électrique qui vient de se faire piquer par une abeille!

Fiou! Elle n'est pas toujours drôle, mon amie Julie! Mais, cette fois, j'ai gardé mon sang-froid et j'ai précisé:

— C'est parce que tu ne connais rien aux claquettes... Sinon, tu aurais reconnu tout de suite les pas de la GRANDE FINALE du meilleur film du super GRAND danseur américain FRED ASTAIRE.

Pour la convaincre davantage, j'ai ajouté que j'avais regardé quatre-vingt-deux fois la cassette vidéo de tante Colette, en cachette. J'étais certaine de lui en avoir bouché un coin. Mais c'est elle, encore une fois, qui m'en a bouché un!

Comme toujours, pour faire son petit effet, elle m'a d'abord énuméré tous les noms des films de claquettes, de ballet jazz et de rap qu'elle avait vus à la télé... Puis conseillé finalement d'oublier les *triple time steps,* les *wing* et les *pull back,* des pas trop difficiles pour moi, paraît-il.

Je n'ai rien compris à son charabia. Mais il n'est pas toujours nécessaire de comprendre pour que la moutarde vous monte au nez.

Enfin, pour la faire taire un peu, j'ai hurlé que le jour où j'aurais de vrais souliers..., elle verrait la différence.

Et sans remarquer qu'il y avait un sapristi de gros attroupement autour de nous, je lui ai même annoncé que, plus

tard, je ne serais plus vétérinaire, mais...
LA MEILLEURE DANSEUSE À CLAQUETTES
sur clip, en Amérique du Nord!

Je pensais à l'Europe et à l'Asie aussi.
Mais je n'ai rien dit. Je n'ai rien dit parce
que ma supposée meilleure amie venait de
lancer, comme la pire sapristi d'ennemie:

— Tu n'es pas le genre à devenir vedette, Rosalie Dansereau!

Et sans reprendre son souffle ni rien:

— Je te connais, tu es un CHEVAL-
GÉMEAUX! Comme tous les CHEVAUX-
GÉMEAUX, tu rêves en couleurs! Tu n'ac-
ceptes jamais les critiques. Pire, tu as
mauvais caractère! D'ailleurs, dans tous
mes livres d'astrologie chinoise, on con-
seille justement au CHEVAL-GÉMEAUX
de vivre plutôt en solitaire! D'éviter les
foules, quoi! Bref, Rosalie Dansereau, tu
devrais t'occuper des animaux!

Et comme si ce n'était pas suffisant de
se faire dire ses quatre sapristi de mocheté de vérités par son amie, j'ai entendu
un bébé de deuxième année répéter, derrière elle, comme un perroquet:

— Julie Morin a raison... On t'aimait
bien plus quand tu voulais soigner les
chats, les chiens et les pigeons!

Puis j'ai vu une trentaine de personnes hocher leurs têtes dans ma direction... pour me signifier à quel point mon rêve pouvait être super, super, hyper idiot.

J'ai tourné les talons. Je suis entrée dans l'école et j'ai couru me cacher dans les toilettes des filles. Je me suis lamentée un bon coup, assise sur le siège. Puis j'ai essayé de toutes mes forces d'arracher les six vingt-cinq cents collés sous mes semelles avec de la *Crazy Glue*... Je n'ai pas réussi.

J'ai posé quatre super diachylons par-dessus. Tante Alice en glisse toujours une boîte dans mon sac à dos. «Au cas où!» comme elle dit. J'ai quitté la cabine et je suis allée me regarder dans le miroir.

J'ai d'abord aplati ma tignasse d'Indienne javanaise. J'ai rabattu mon tee-shirt dans mes jeans. J'ai pris mon courage à deux mains, j'ai poussé la porte et j'ai repris le corridor. Mais je n'avais pas fait six pas que la directrice me criait du fond du couloir:

— N'importe quoi pour attirer l'attention, hein, Rosalie Dansereau!

J'ai compris que mes quatre super diachylons n'étaient pas une solution! Mes souliers faisaient encore un vacarme de tous les diables!

Enfin, bien avant que la cloche sonne, je suis allée m'asseoir à mon pupitre. Je me suis drôlement enfoncée dans ma chaise comme pour disparaître.

Et, pendant le reste de la journée, j'ai évité tout le monde. Même Marise Cormier, mon autre meilleure amie. Même Pierre-Yves Hamel, mon grand héros.

Chapitre II
Comme un vrai dragon-lion

Vers seize heures, en arrivant à la maison, j'ai attrapé mon chat, Charbon. Je suis montée directement dans ma chambre.

J'avais le coeur gros comme une citrouille, j'en voulais tellement à mon ex-meilleure amie.

Je ne connaissais rien à l'astrologie chinoise et presque rien à l'horoscope tout court. Mais je me voyais mal, ma vie durant, réparer toute seule les pattes des animaux.

C'est un peu plus tard, en caressant Charbon, que j'ai pensé à mon vrai père et à ma vraie mère dans leur ciel. J'ai compris tout de suite comme ma mère a eu tort de me mettre au monde au printemps. Qu'elle aurait dû me mettre au monde ou en automne ou en hiver, ou quelques années plus tôt ou quelques années plus tard.

J'ai compris surtout que j'aurais pu être une sorte de DRAGON-LION qui n'aurait jamais perdu ses parents dans un accident d'avion! Un DRAGON-LION qui pourrait vivre avec tout le monde! Un DRAGON-LION qui pourrait devenir une véritable superstar et se faire applaudir par mille millions de spectateurs!

Enfin, plus je pensais à ce que j'aurais pu devenir, mais à ce que je ne serai jamais..., plus j'en voulais au calendrier, aux étoiles en général et à Julie Morin en particulier.

Finalement, je me suis dit que si je devais abandonner l'idée d'être une des plus grandes vedettes du monde..., je pourrais quand même devenir la meilleure danseuse de claquettes du boulevard Saint-Joseph.

J'ai déposé Charbon dans son panier et j'ai commencé, tout doucement, à brosser le plancher, à claquer des talons et à taper du pied.

J'aimais tellement les CLAP TAP À CLAP CLAP CLAP qui résonnaient partout. J'avais l'impression d'avoir une vingtaine de jambes, huit cents orteils et une paire d'ailes.

J'ai relevé la tête, ébouriffé ma tignasse d'Indienne javanaise et recommencé à répéter les pas de la GRANDE FINALE du meilleur film de FRED ASTAIRE.

Plus je répétais, plus je sautais haut. Plus je glissais loin et plus les CLAP TAP À CLAP résonnaient fort et vite autour de moi. Ça n'avait rien à voir avec mes répétitions secrètes de la fin de semaine en pieds de bas.

Maintenant, j'étais certaine, malgré Julie Morin, de pouvoir non seulement épater la rue..., mais le système solaire au complet.

Je virevoltais comme un petit moineau lorsque la porte de ma chambre s'est ouverte en coup de vent.

Mes sept tantes étaient derrière. Je me suis figée net. Elles aussi, d'ailleurs.

Et le petit moineau est retombé de bien haut lorsqu'il a entendu sa tante Béatrice lancer comme Julie Morin cet après-midi:

— C'est quoi, l'idée, Rosalie Danse-reau?

Puis sa tante Gudule comme en écho:

— Bien oui, poison, c'est quoi, l'idée, au juste?

Enfin, pendant qu'elles m'encerclaient en poussant des HO! et des HA! moi, j'ai répondu, plutôt écoeurée:

— L'idée..., c'est que je n'ai jamais la permission de bouger d'un poil dans cette maison! Même pas dans ma chambre!

Mes sept tantes m'ont dévisagée en roulant des yeux. Comme elles le font toujours d'ailleurs quand elles s'imaginent qu'elles sont mes vraies mères et que j'exagère. Finalement, tante Alice a murmuré:

— C'est bien beau, les claquettes, poussin, mais... je viens de retrouver une galette de plâtre dans ma pâte à tarte.

J'allais ouvrir la bouche pour lui faire comprendre qu'elle exagérait un brin. Mais... mes sept tantes se sont ruées sur mes souliers. Et comme sept pies, elles se sont mises à parler, à jacasser et à se la-menter.

J'ai eu droit aux pires sarcasmes, aux pires moqueries que jamais une adolescente qui vit dans une famille normale n'aurait entendus.

Bref, tante Gudule jurait avoir cru à un marteau-piqueur installé sur le toit. Tante Diane parlait de cassettes de *heavy metal* coincées entre les deux étages. Tante Élise... de manoeuvres de l'armée canadienne quelque part dans les soubassements. Et tante Béatrice... d'une horde d'éléphants sauvages qui ravageait son salon.

Il y avait, paraît-il, des limites à ce qu'elles pouvaient endurer, des limites au nombre de décibels que leurs tympans pouvaient supporter.

Enfin, bien avant qu'elles me sortent leur éternel discours sur la jeunesse d'aujourd'hui..., j'avais pris une décision. Celle de faire la morte pour ne plus les entendre.

Sous les regards ahuris de mes sept tantes, j'ai enlevé tranquillement mes souliers.

Je me suis dirigée vers mon lit. Je me suis allongée sur mon édredon. J'ai fixé un temps le plafond. J'ai fermé les yeux... J'étais prête à rester comme ça pour l'éternité.

Mon numéro a dû les impressionner drôlement, parce que dix minutes plus tard, elles avaient toutes quitté ma chambre, muettes comme des crapets-soleils et passablement bouleversées.

Ensuite, Charbon, mon chat, s'est mis à me renifler les paupières en miaulant. Il s'imaginait, le pauvre, que Rosalie Dansereau s'était transformée en statue.

Pour le rassurer, je l'ai caressé derrière les oreilles, là où je déclenche à tout coup son petit moteur à ronron. Finalement, il s'est endormi.

J'allais presque m'endormir à mon tour, lorsque j'ai entendu la sonnerie du téléphone.

J'ai failli bondir hors du lit, courir dans le corridor, sauter sur l'appareil, mais j'ai refermé les yeux tout de suite quand j'ai reconnu les pas de tante Alice.

Elle a hésité un instant derrière la porte... Puis elle est entrée. Elle a hésité encore avant de s'approcher pour me chuchoter à l'oreille:

— C'est Pierre-Yves au téléphone... Tu as compris, poussin? Ne parle pas trop longtemps. Le repas est servi et on a de la tarte aux bleuets pour dessert.

Même si la tarte aux bleuets est ma tarte préférée, même si j'avais une envie terrible de dire à mon héros comme il est difficile d'avoir le monde entier contre soi..., j'ai refait la statue. Je veux dire que je n'ai toujours rien répondu, que je n'ai toujours pas bougé.

Tante Alice a tourné en rond quelques secondes, puis elle est repartie en soupirant:

— Est-ce possible de se faire autant de mal à son âge!

J'ai trouvé ses paroles un peu étranges. D'abord, je n'avais pas de mal du tout. Et pourquoi imaginer que l'âge avait quelque chose à voir avec la souffrance.

Enfin, je n'ai pas mis les pieds en dehors de la chambre de toute la soirée, ni pour manger, ni pour me brosser les dents, ni pour me laver. Ce n'est que vers vingt-deux heures et demie quand toutes mes tantes se sont endormies que j'ai attrapé Charbon d'une main, ma paire de souliers de l'autre... Et que, sans faire le moindre bruit, je me suis glissée dans l'escalier.

J'ai filé vers le fond de la cuisine pour déverrouiller la porte qui donne sur la ruelle.

Le coeur serré, j'ai marché sur mes bas jusqu'au coin de la rue Garnier.

L'endroit était super désert, super épeurant, mais par-dessus les toits, il y avait une lune aussi grosse, aussi ronde, aussi claire qu'un projecteur de cinéma.

J'ai déposé Charbon sur l'asphalte, j'ai enfilé mes souliers et je me suis remise à

frapper des talons et à taper du pied.

C'était terrible, cette impression de liberté!

Terrible d'avoir des étoiles comme éclairage! Une ruelle comme théâtre! Et des hangars comme amplificateurs!

Les sons se répercutaient à gauche, à droite, devant, derrière. C'était vraiment l'endroit idéal pour répéter! L'endroit idéal... jusqu'à ce qu'un sauvage me hurle d'un troisième étage qu'il allait appeler la police.

J'ai hurlé à mon tour que la ruelle appartenait à tout le monde.

Et j'ai continué.

J'ai continué... jusqu'à ce que Charbon reçoive, du même sauvage, l'équivalent d'une baignoire complète d'eau glacée sur le dos.

Cette fois, j'ai dû déguerpir en vitesse. Mon chat feulait et miaulait assez fort pour ameuter tous les quartiers de la ville de Montréal.

J'ai dû lui frotter drôlement le derrière des oreilles pour faire redémarrer son petit moteur à ronron.

Enfin, quand Charbon s'est tranquillisé, je suis revenue incognito à la maison.

En catimini, je suis remontée dans ma chambre, plutôt fatiguée et surtout super, super déprimée.

Chapitre III
Comme le pire serpent-scorpion

Maintenant je sais pourquoi toutes les grandes vedettes portent des lunettes noires... C'est par habitude. Une habitude qu'elles ont prise, comme moi, avant d'être vraiment connues. Quand tout le monde autour se moquait d'elles.

À l'école, ça fait trois jours que je répète ma GRANDE FINALE sans dire un mot à personne. Trois jours que, bien cachée derrière mes lunettes de soleil, j'entends des sapristi de mocheté de mauvaises choses dans mon dos.

On chuchote que je me crois différente, que je me prends pour une autre. La vérité, c'est qu'il est difficile d'être comme tout le monde quand on passe ses journées toute seule dans un coin.

Enfin, pour réaliser le grand rêve de ma vie, je suis prête à endurer toutes les railleries de l'école Reine-Marie. Tous les haussements d'épaules de Marco Tifo. Tous les fous rires de Marise Cormier. Et tous les airs supérieurs de Julie Morin.

Il n'y a que les coups d'oeil désespérés de Pierre-Yves Hamel qui me tracassent un peu. Comme je n'ai plus envie de raconter mon rêve à personne, j'évite mon héros comme on évite du poil à gratter et lui, il commence à me regarder comme si j'avais le ciboulot fêlé.

Cet après-midi, en revenant de la récréation, j'ai compris à quel point j'avais raison de me méfier des autres... C'est difficile à croire, mais il y avait, je vous jure, une vraie lettre anonyme sur le dessus de mes livres, dans mon pupitre. La lettre était écrite en lettres détachées et c'était signé: QUELQU'UN QUI TE VEUT DU BIEN.

J'ai fait mine de rien, j'ai glissé le mot dans mon cahier de mathématiques. Ce n'est qu'à seize heures moins le quart que je l'ai glissé de nouveau dans mon sac à dos.

Au fond, ce n'était pas grand-chose... Quelques remarques sur mon attitude en général et le nom et l'adresse de la prétendue meilleure école de danse du Québec.

Je n'avais aucun doute sur l'origine de la lettre. Mais pour en avoir le coeur net, j'ai tout de même vérifié dans mon dictionnaire, puis dans le bottin téléphonique, s'il y avait des fautes d'orthographe. Comme il n'y en avait aucune, j'étais plus certaine encore que la personne qui me voulait du bien était Julie Morin.

J'ai chiffonné la lettre et je l'ai fourrée dans ma corbeille à papier. Ensuite, j'ai eu une autre idée: celle d'aller faire un petit tour dans la chambre de tante Florence.

Tante Flo, c'est ma tante végétarienne, celle qui passe son temps la tête en bas, les jambes en l'air à faire du yoga. Celle surtout qui se préoccupe beaucoup de ma spiritualité.

Sans trop savoir pourquoi, j'avais la quasi-certitude de pouvoir dénicher chez elle exactement ce que je cherchais.

J'ai frappé un grand coup et je suis entrée. Comme d'habitude, tante Flo était hyper, super concentrée. Elle fixait une sorte de pyramide en cristal en marmonnant des mots bizarres.

Elle était tellement concentrée qu'elle n'a rien vu, rien entendu, même si, pendant une bonne demi-heure, j'ai mis son bureau à l'envers et sa bibliothèque sens dessus dessous.

Puis je suis revenue dans ma chambre avec la plus belle collection de livres sur l'astrologie chinoise et sur l'horoscope tout court que l'on puisse imaginer.

J'ai éparpillé la colonne de livres sur mon lit et j'ai lu, absolument tout lu ce qu'on disait sur les SERPENTS-SCORPIONS.

SERPENT-SCORPION! Ce sont les signes astrologiques de Julie Morin!!!

Enfin, deux heures plus tard, je connaissais par coeur tous, absolument tous les travers de mon ex-meilleure amie.

Mais je ne savais pas encore qu'il me faudrait la soirée entière, plus une bonne partie de la nuit pour écrire, corriger, découper et coller la plus longue lettre anonyme, sans faute, jamais composée.

Finalement, il n'y avait plus de lune aucune quand, vers les trois heures du matin, incognito, je me suis traînée jusqu'à mon lit. En catimini, je me suis glissée sous mon édredon, plutôt fatiguée, mais plus du tout déprimée.

Chapitre IV

Comme Michael Jackson ou Fred Astaire

Le lendemain matin, j'ai eu toutes les misères du monde à me sortir du lit. Je me suis traînée à l'école avec mon lunch, mes souliers à claquettes, mes lunettes noires et ma super lettre anonyme.

J'ai filé tout de suite au quatrième étage pour la glisser dans le pupitre de ma meilleure amie. Je suis redescendue, mine de rien, dans la cour de l'école.

Ensuite, j'ai fait ce que je fais depuis quatre jours... Pendant que tout le monde riait, s'amusait, placotait, je me suis placée devant le mur de l'école et je me suis mise à travailler.

Contrairement aux autres jours, il y

avait moins de petits groupes qui rigo-
laient et qui se moquaient derrière mon
dos. C'était comme si on s'habituait à
mes pirouettes. Comme si mes *steppettes*
ne dérangeaient presque plus personne.

Je ne sais pas pourquoi, mais j'ai eu
bien du mal, cette fois, à taper du pied
jusqu'à ce que la cloche sonne.

Enfin, pendant toute la matinée, j'ai
épié Julie Morin. En entrant dans la classe, je l'avais vue ouvrir son pupitre, puis
lire ma super lettre anonyme. Mais...
c'était comme si tout ce que j'avais écrit
ne lui faisait aucun pli sur la différence.

Pourtant ma lettre de dix pages con-
tenait assez de vilaines choses sur les
SERPENTS-SCORPIONS pour faire grimper
n'importe qui dans les rideaux.

Je me suis souvenue, tout à coup, que
tous les SERPENTS-SCORPIONS étaient justement comme des eaux dormantes! Qu'ils
ne laissaient jamais paraître leurs émo-
tions! Bref, qu'ils préféraient mijoter sour-
noisement leur vengeance, comme c'était
écrit dans les livres de tante Florence!

Finalement, j'ai compris que Julie Morin serait sans pitié. Je ne l'ai plus quittée
des yeux. C'était facile, je suis placée

juste derrière elle dans la classe. En fixant sa nuque, j'ai compris aussi que les serpents pouvaient hypnotiser par derrière.

La preuve, je rêvais justement qu'un boa constricteur m'avalait tout rond quand Miss Lessing, notre prof d'anglais, m'a secouée en hurlant que la classe n'était pas un dortoir! Que j'aurais intérêt à me coucher plus tôt le soir!

Tout le monde s'est mis à rire et moi, j'ai su qu'il me fallait, à l'avenir, éviter à tout prix la nuque de ma meilleure amie.

Vers midi, je suis descendue à la cafétéria. Je me suis installée toute seule à une table pour grignoter mon sandwich au beurre d'arachide... ma branche de céleri... ma poignée de carottes... ma pomme-poire et ma demi-douzaine de petites prunes jaunes.

Derrière mes lunettes noires, je pouvais surveiller non seulement les allées et venues de toute l'école, mais la table où mangeaient tous mes anciens amis.

Je suçotais le noyau de ma dernière prune, lorsque j'ai vu Julie Morin reculer sa chaise, se lever comme la reine d'Angleterre, traverser toute la cafétéria..., puis venir s'asseoir pile à côté de moi.

J'ai bien voulu faire comme si de rien n'était. Mais... par une malchance terrible, j'ai avalé GLUP! ma sapristi de mocheté de noyau de travers. D'un coup, je suis devenue rouge comme une betterave. Et même si je toussais, si j'étouffais, si je suffoquais..., personne, absolument personne, n'a daigné s'approcher pour me sauver la vie.

C'est finalement mon ex-meilleure amie qui en a profité pour me faire recracher le noyau, à grands coups de claques dans le dos.

Je n'avais pas encore repris tout à fait mes esprits d'ailleurs quand elle m'a dit, comme si c'était d'une urgence capitale:

— Tu n'avais pas à t'étouffer... Je voulais seulement savoir l'heure exacte de ta naissance.

J'ai répondu comme la pire sapristi d'étourdie:

— Je suis née à l'hôpital Maisonneuve, un mercredi, à midi juste.

Et j'ai précisé en exagérant beaucoup:

— Comme Léonard de Vinci, Michael Jackson, Madonna et Mitsou. Au moins quatre présidents des États-Unis, mère Teresa, Marie Curie, Graham Bell, Albert

Einstein et Fred Astaire, bien entendu.

Je ne sais pas, mais... je m'attendais à des montagnes d'allusions et à des tas d'insinuations. Mais elle a seulement marmonné:

— Évidemment que l'heure exacte de la naissance change bien des choses...

Puis elle s'est levée et toujours comme la reine d'Angleterre, sans me parler de la lettre anonyme ni rien..., elle est retournée à l'autre bout de la cafétéria se rasseoir entre Marise Cormier et Marco Tifo.

Ce n'est qu'ensuite que j'ai vraiment compris. Ensuite, que je m'en suis voulu d'avoir trop parlé. Je veux dire parler de l'heure exacte de ma naissance et tout. C'est tellement profiteur, tellement calculateur, tellement sournois, tellement intrigant et tellement jaloux, les SERPENTS-SCORPIONS!!!

Enfin, comme il ne s'est rien passé d'intéressant de tout l'après-midi, quelque part entre trois heures et trois heures et demie, je me suis rendormie, le nez dans mon livre de géographie.

Cette fois, c'est la directrice de l'école qui m'a secouée en me disant que les cours étaient finis! Que tout le monde était parti! Que ce serait bien sage de profiter de la fin de semaine pour me reposer un peu!

Je me suis encore traînée à la maison avec l'intention de dormir avant de manger. Mais les choses se sont passées autrement.

En arrivant, j'ai vu tante Béatrice qui m'espionnait, cachée derrière le rideau du salon. J'ai su tout de suite que «le Céleri surveillant» avait quelque chose sur le coeur. J'étais pourtant certaine d'avoir fait mon lit, ce matin, en partant.

Sitôt entrée, elle m'a ordonné illico d'enlever mes souliers et de la suivre, à quatre pattes comme un sapristi de chihuahua, dans tous les corridors de la maison. Elle voulait non seulement que je voie, mais que je compte les quatre cent trente-deux petites marques que mes six vingt-cinq cents avaient imprimées sur son plancher de bois.

C'était sa façon à elle de me faire comprendre qu'il n'était plus question de remettre mes souliers à claquettes dans la maison.

J'ai repris ma paire de souliers de course qu'elle tenait encore comme l'arme

d'un crime et je suis montée dans ma chambre. Puis j'ai claqué la porte de toutes mes forces pour lui signifier, tout de même, mon désaccord.

Ensuite, je n'avais plus envie de dormir du tout. J'ai arpenté ma chambre en long, en large et en rond. Je me sentais seule, tellement seule... que j'ai eu presque l'idée d'abandonner mon grand rêve pour de bon.

Mais avant de tout laisser tomber, j'ai pensé qu'il existait peut-être quelqu'un, quelque part pour partager mon grand rêve. Quelqu'un pour qui les claquettes étaient autre chose que des marques sur un plancher, du tapage nocturne ou des simagrées!

Puis je me suis souvenue de la lettre anonyme. Le coeur battant, j'ai fouillé dans ma corbeille à papier. J'ai finalement trouvé la sapristi de mocheté de lettre sous une vieille pelure de banane. Enfin, je me suis glissée dans le corridor et j'ai composé le numéro de téléphone de la prétendue meilleure école de danse du Québec.

Quelqu'un m'a répondu tout de suite. Mais après le coup de téléphone, je vous jure que j'étais encore plus découragée.

D'abord, pour trouver quelqu'un, quelque part, qui partagerait mon grand rêve..., il me faudrait non seulement prendre un cours de claquettes par semaine, mais un cours de ballet en plus! C'est, paraît-il, pour m'assouplir les muscles. Et les vrais souliers à claquettes, avec des fers et tout, coûtent cent dollars au moins!

Le pire, c'est qu'on allait me mettre avec les débutantes, même si j'ai dit et redit que je répétais comme une déchaînée la GRANDE FINALE de Fred Astaire... depuis six jours au moins!

J'ai compris, en fermant l'appareil, que

la meilleure école de danse du Québec n'était pas pour moi! Que ce n'est pas là que je dénicherais l'âme soeur! Et que pour rêver un peu il était préférable, comme la directrice me l'avait suggéré, de m'étendre sur mon lit et de dormir vraiment!

Chapitre V
Plus d'amis,
plus de héros

J'ai passé la pire sapristi de mocheté de fin de semaine de toute ma vie.

D'abord, Charbon a bamboché jour et nuit avec Timinie, la chatte de Pierre-Yves.

Puis les quarante-six coups de téléphone du week-end étaient tous pour l'une ou l'autre de mes tantes.

Enfin, la lune grosse et claire et ronde comme un projecteur de cinéma a disparu, dès samedi soir, derrière une mer de nuages. Une mer aussi immobile que le stationnement d'un centre commercial la nuit.

Finalement, comme il pleuvait à boire

debout dans la ruelle du boulevard Saint-Joseph... et comme il n'était plus question de remettre mes souliers à claquettes dans la maison..., j'ai surveillé la boîte aux lettres pendant deux jours.

J'aurais tellement aimé surprendre Julie Morin la main dans le sac. Mais il faut croire que mon ex-meilleure amie attendait mon retour à l'école pour assouvir sa vengeance.

Bref, je n'ai jamais eu aussi hâte de retourner à l'école un lundi matin. Aussi hâte de glisser la main dans mon pupitre. Aussi hâte de lire la deuxième lettre anonyme de Julie Morin. Aussi hâte de faire à mon tour comme si de rien n'était. Aussi hâte, la nuit prochaine, de composer une deuxième réponse mille fois pire que la première.

Mais... après avoir passé la pire fin de semaine de toute ma vie, j'ai passé aussi la pire sapristi de mocheté de lundi de toute ma vie.

Il n'y avait rien dans mon pupitre. Rien de coincé entre les pages de ma quinzaine de livres. Rien dans mes cahiers. Rien dans ma case. Rien dans les poches de mon costume de gym.

Rien, absolument rien nulle part.

Je le sais, j'ai fouillé partout, partout, partout.

Alors, j'ai dû faire exactement comme la semaine d'avant, c'est-à-dire me retrancher, loin du monde, derrière mes lunettes noires. Répéter comme une démone devant mon mur. Et passer une autre longue journée sans dire un mot à personne.

C'est de moins en moins difficile, d'ailleurs. Il n'y a plus un chat qui m'adresse la parole. Et je commence à deviner pourquoi.

Depuis qu'elle connaît l'heure exacte de ma naissance, je suis certaine que Julie Morin rapporte à gauche et à droite, les pires sapristi de mocheté de choses abominables sur moi.

Les SERPENTS-SCORPIONS sont si jaloux! D'une jalousie sans borne comme c'est encore écrit dans tous les livres de tante Flo! Je suis certaine aussi que Marise Cormier et Marco Tifo se laissent influencer! Que c'est pour ça qu'ils évitent de me téléphoner!

Je suis certaine surtout que c'est pour ça que Pierre-Yves Hamel ne me regarde plus avec son regard désespéré. Un peu comme s'il m'avait complètement oubliée.

Enfin, en revenant de l'école, j'ai encore eu une idée. Une idée pour vérifier à quel point Pierre-Yves Hamel s'était, lui aussi, laissé influencer. Une idée si épouvantable, si horrible que j'avais le coeur mille fois plus gros que la plus grosse citrouille, rien que d'y penser.

Imaginez ma peine quand, une heure plus tard, j'ai glissé dans un grand sac en papier tout ce qui me restait de mon héros. Je parle de son coton ouaté, de sa montre *Swatch,* de ses quatre lettres d'amour, de sa carte postale des États-Unis, de ses deux livres sur la planche à voile et de sa photo.

Je me suis mise à pleurer, pleurer quand j'ai écrit sur le sac le mot d'explication:

Cher Pierre-Yves,
Comme on t'a fait comprendre que je ne suis pas celle que tu croyais..., je te renvoie tes affaires. Je suis certaine que ton coton ouaté ira davantage à celle à qui tu penses.

Et j'ai signé: *Rosalie Dansereau.*

J'avais beaucoup trop de peine pour lui

dire à quel point je l'aimais malgré tout, beaucoup trop de peine pour lui remettre le colis en personne... J'ai donc posé le sac devant chez lui, j'ai sonné et j'ai déguerpi.

Je suis revenue à la maison et je vous jure que je n'avais plus envie de rien: ni de pleurer, ni d'étudier, ni de regarder la

télé, ni même de danser ou dans la ruelle ou sur mes pieds de bas.

J'étais suspendue au téléphone et j'attendais. J'attendais la réaction de mon héros.

J'ai encore attendu pour rien. Vers les vingt heures, j'ai compris que je n'existais plus pour personne, qu'en plus d'avoir perdu tous mes amis..., j'avais bel et bien perdu l'amour de ma vie.

Je me suis jetée encore une fois sur mes souliers de course. J'ai ragé pendant le reste de la soirée pour arracher mes sapristi de vingt-cinq cents. Puis j'ai collé six rondelles de feutrine par-dessus avec la même sapristi de mocheté de *Crazy Glue*. Finalement, je me suis glissée sous mes couvertures et je me demande encore comment j'ai réussi à m'endormir.

Chapitre VI
Des choux
et des oignons!

Le mardi matin, je suis retournée à l'école à reculons. En marchant sur le trottoir du boulevard, je n'entendais plus les CLAP TAP À CLAP CLAP CLAP que j'aimais tellement.

Je n'avais plus une vingtaine de jambes, huit cents orteils et une paire d'ailes. J'avais plutôt l'impression de ramper silencieusement dans un tunnel rempli de bibites laides, visqueuses, repoussantes et dangereuses.

En arrivant dans la cour, je me suis assise, appuyée au mur, celui où j'avais tellement répété. En attendant que la cloche sonne, j'ai examiné la colonne de petites fourmis qui avançaient à la queue leu leu en contournant mes pieds.

Pendant la récréation de l'après-midi, j'ai fait la même chose aussi. Mais comme il y a des limites à regarder les fourmis vous envahir les orteils..., j'ai relevé la tête.

J'ai relevé la tête, mais je n'aurais pas dû. Parce que droit devant moi, j'ai aperçu un groupe d'élèves qui m'examinaient exactement comme si j'avais la lèpre, la peste ou une sapristi de mocheté de maladie contagieuse.

Ma foi, c'était comme si, après avoir dansé sur la plus grande scène du monde..., on m'avait lancé des choux, des patates, des oignons et des navets.

J'ai eu presque envie de hurler, de mordre et de griffer. Mais... j'ai fait exactement comme une sapristi de mocheté de SERPENT-SCORPION. J'ai replacé mes lunettes noires, j'ai secoué encore une fois ma tignasse d'Indienne javanaise et je me suis levée, le nez en l'air, comme Julie Morin ou comme la reine d'Angleterre.

J'ai traversé toute la cour de l'école comme ça. Puis j'ai passé la clôture et sans me retourner ni rien, j'ai bifurqué dans la rue.

J'ai marché jusqu'au coin de la rue Garnier. Ensuite, j'ai couru, couru jusqu'à la maison.

C'est en grimpant les marches du perron que je me suis rappelé qu'on était encore mardi. Et que, par une malchance inexplicable, c'était encore le jour de congé du Céleri surveillant! Je n'ai pas eu le courage d'entrer.

J'ai préféré me traîner encore les pieds dans les toutes petites rues de la ville de Montréal. Vers seize heures, j'ai décidé de revenir à la maison.

Cette fois, tante Béatrice n'était pas cachée derrière le rideau du salon pour m'espionner. Elle était tapie, je vous jure, comme un oiseau de proie, derrière la porte d'entrée.

J'ai compris que la directrice avait téléphoné. Alors, bien avant que le Céleri surveillant me raconte que c'était super épouvantable de manquer l'école sans raison..., j'ai serré les poings et j'ai dit, moi, comme il était urgent de déménager! De faire nos bagages! De changer de rue! De voisins! D'amis! De quartier!

Tante Béatrice, qui n'a aucune imagination, m'a envoyée illico dans ma chambre pour me calmer un peu. Drôle d'idée, parce que je n'étais pas calmée une miette quand, deux heures plus tard, on a frappé à la porte de ma chambre en murmurant:

— Ma soie..., c'est moi.

J'ai reconnu tout de suite la voix chantante de tante Colette. J'étais sûre et certaine que tante Béatrice me l'envoyait en éclaireur.

C'est facile à comprendre! Comme tout le monde sait, dans la famille, que le grand rêve de tante Colette est de devenir la plus grande comédienne des temps modernes... et qu'on s'imagine encore que le grand rêve de ma vie est de devenir la plus grande danseuse à claquettes en Amérique du Nord..., tante Béatrice a préféré envoyer tante Colette, en personne, pour m'expliquer des choses.

Mais... il y avait tellement de jours que je n'avais parlé à quelqu'un. Tellement de choses que j'avais sur le coeur. Tellement de rage et de peine surtout que... j'ai ouvert ma porte toute grande pour... me jeter dans ses bras. Tante Colette ne

devait pas s'attendre à ça. Enfin, je vous jure qu'elle n'a pas eu le choix de s'asseoir et de m'écouter.

Elle avait même les larmes aux yeux quand je lui ai raconté que j'avais perdu tous mes amis! Que toute l'école Reine-Marie se moquait de moi! Que plus personne ne m'adressait la parole! Et que j'avais reçu non seulement des dizaines de lettres anonymes, mais des vingtaines de seaux d'eau à la tête!

Elle m'a serrée très fort quand je lui ai dit comme j'étais fière d'elle, moi! Fière de la voir presque tous les soirs annoncer sa pâte dentifrice à la télé.

Je crois qu'elle m'a serrée encore plus fort lorsque j'ai ajouté:

— Si tu savais, tante Colette, comme j'ai attendu un petit mot d'encouragement de ta part. Parce que s'il y a une seule personne sur terre pour me comprendre..., c'est bien toi. Toi, qui as dû souffrir, comme moi, des moqueries de tante Béatrice! Puis des autres! Puis du quartier! Puis du monde entier avant d'avoir un rôle à la télé!

Je crois que ses larmes coulaient comme l'eau d'un robinet quand j'ai finalement annoncé que j'avais abandonné, pour toujours, l'idée de devenir la plus grande danseuse à claquettes en Amérique du Nord! Que c'était trop difficile! Que je serais seulement, comme tout le monde le voulait, une pauvre vétérinaire!

Je pense que je pleurais aussi quand elle a dit:

— Tu sais, ma soie, c'est justement à cause des annonces de pâte dentifrice à la télé... que j'ai tant hésité à t'encourager.

Et parce qu'elle savait que je la comprenais maintenant..., elle m'a expliqué que la vie d'artiste n'est pas toujours rose! Qu'il y avait si peu de gens dans les salles pour applaudir ses bons rôles! Et tant de monde pour lui parler de ses insignifiances à la télévision!

J'imagine qu'on se lamenterait encore si tante Alice n'avait pas crié d'en bas... que le potage aux champignons se figeait dans nos assiettes! Et qu'on risquait de se priver toutes les deux de pudding au chocolat!

Et, ma foi, ce sont mes six tantes qui se sont figées net quand elles nous ont vues entrer dans la salle à manger, les yeux bouffis, si complices et si collées l'une contre l'autre.

Pendant tout le repas, je n'ai pas dit grand-chose. Tante Colette non plus, d'ailleurs. C'est plutôt tante Florence et tante Élise qui se sont chamaillées sur la supposée véracité scientifique de l'astrologie chinoise et de l'horoscope tout court. D'habitude, j'ai un plaisir terrible à les entendre s'accuser à tour de rôle. Mais cette fois, j'avais la tête ailleurs.

Je pensais à tout ce que j'avais perdu depuis dix jours et il me semblait que pour en finir à jamais avec mon grand rêve, je devais faire un grand geste. Un geste qui me ramènerait sur terre. Un geste pour redevenir comme avant. Avant, quand j'étais comme tout le monde. Avant, quand j'avais beaucoup d'amis, avant, quand j'avais un héros.

Finalement, c'est en regardant tante Alice découper son jambon que j'ai su exactement ce qu'il fallait faire.

J'ai su ce qu'il fallait faire, mais ce n'est qu'un peu plus tard que j'ai pris à peine une minute et quart pour découper, dans le caoutchouc de mes souliers, ce que vous savez. Une minute et quart, avec comme seul témoin, une demi-lune

qui n'avait plus rien d'un projecteur de cinéma.

Maintenant, j'ai six gros trous dans mes souliers et un immense vide dans le coeur. Un vide si grand que j'ai complète-ment tiré les rideaux de ma chambre pour ne pas voir apparaître, autour du quartier de lune, les milliers de petites étoiles comme des milliers de futures stars.

Chapitre VII

Des portes
et des révélations

Aujourd'hui à l'école ni la directrice ni aucun de mes professeurs ne m'ont parlé de ma fugue de la veille. Je suppose qu'ils étaient trop occupés par les mini olympiades organisées dans la cour.

Dans le brouhaha de cette journée pas comme les autres, j'ai croisé, plusieurs fois, Marise Cormier, Marco Tifo et Julie Morin sans pouvoir encore leur dire un mot. C'est en cherchant Pierre-Yves Hamel partout que je me suis souvenue qu'il n'était pas dans la cour de l'école, hier non plus.

En y pensant bien..., c'était exactement depuis que je lui avais renvoyé son coton ouaté, sa montre *Swatch* et ses lettres d'amour que je ne l'avais plus revu. En y pensant davantage, j'ai compris que c'était mon sapristi de gros paquet qui l'avait rendu malade! C'est si fragile, un héros! Ça, je le sais, depuis mes vacances avec lui aux États-Unis!

J'ai bien failli faire deux fugues dans la même semaine..., mais je me suis retenue. J'ai attendu sagement la fin des remises des médailles pour revenir à la maison et sauter sur le téléphone.

En composant le numéro, mon coeur battait, battait. Puis à l'autre bout du fil, j'ai reconnu sa voix. C'était lui! C'était mon héros! J'ai pris une bonne respiration avant de lui annoncer:

— C'est moi, Rosalie, j'ai des choses importantes à te dire.

Et sans attendre de réponse ni rien:

— Je sais maintenant à quel point je suis importante pour toi. À quel point j'ai dû te manquer depuis dix jours! Mais tu n'as pas à te rendre malade comme une sapristi de mocheté de fille, parce qu'au fond, il n'y a rien de changé entre nous.

Je lui ai dit aussi que j'avais définitivement abandonné mon grand rêve POUR LUI! Que c'était bel et bien fini, les claquettes! Que j'allais devenir vétérinaire, comme il le désirait! Et qu'enfin, s'il le voulait, j'irais reprendre immédiatement sa montre *Swatch,* son coton ouaté et toutes ses lettres d'amour!

J'avais encore deux ou trois choses à lui dire, mais il m'a coupé la parole:

— As-tu fini de raconter des bêtises, Rosalie Dansereau!? Je fais seulement une intoxication à la peinture. Ça peut arriver à n'importe qui, d'ailleurs. Je veux dire, à n'importe qui qui a une mère qui change trop souvent d'idée.

Et tandis que mon héros expliquait comment les portes de l'appartement de madame sa mère étaient passées du vert bouteille foncé au blanc mat..., du blanc mat au jaune canari... et du jaune canari au re-re-vert bouteille foncé..., moi, je suis redevenue rouge comme une betterave. Sans passer par le rouge tomate, je suis sûre.

Pendant que je lui parlais d'amour, lui, comme une sapristi de mocheté de sans-coeur, me parlait de portes de cuisine. Ç'a été plus fort que moi. Même si je n'avais pas entendu sa voix depuis des jours..., je lui ai PATAF! claqué la ligne au nez.

Ensuite, je m'en suis voulu de lui avoir envoyé toutes ses affaires d'un coup. J'aurais aimé me soulager en lui envoyant un deuxième petit paquet.

Finalement, la sonnerie du téléphone a retenti. Je me suis encore précipitée dans le corridor. J'ai décroché l'appareil et, au bout du fil, c'était encore lui... C'était toujours mon héros.

Il a d'abord dit:

— C'est Pierre-Yves, tâche de m'écouter jusqu'au bout. Moi aussi, j'ai quelque chose d'important à te dire.

Et, comme si son intoxication à la peinture lui montait directement au cerveau, j'ai entendu:

— Tu as eu raison de me renvoyer mes affaires... Après ce que tu as sûrement deviné et que je vais te confirmer..., il est bien possible que tu ne veuilles plus jamais me revoir.

Et mon grand héros viking m'a avoué ce que jamais je n'aurais pu imaginer. Bref, que LA PERSONNE QUI ME VOULAIT DU BIEN, c'était LUI! Que sur le coup il ne s'était pas rendu compte qu'il manquait

de courage... C'était devenu si difficile de m'approcher!

Et qu'enfin, il comprenait très bien mon comportement particulier envers lui. J'étais une fille si franche, si directe! J'avais vraiment toutes les raisons du monde de fuir quelqu'un d'assez lâche pour écrire une lettre anonyme!

Et, ma foi, je suis devenue blanche comme de la craie quand il a terminé en disant:

— La seule chose que je ne comprends pas, Rosalie Dansereau, c'est le mot qui accompagnait ton colis! D'abord, tu es toujours celle que je crois... Et je ne vois pas du tout à qui mon coton ouaté irait davantage qu'à toi.

Alors, pour la première fois depuis que je gazouille, je n'ai pas trouvé un seul mot à répliquer. C'était la première fois que, la bouche ouverte, j'aurais pu avaler toutes les mouches noires du Québec.

La première fois aussi que j'ai fermé la ligne au nez de quelqu'un sans le vouloir vraiment. Je veux dire que le récepteur s'est mis à glisser tout seul. Un peu comme s'il était devenu beaucoup, beaucoup trop lourd pour moi. FIOU!

Chapitre VIII

Des sous-marins allemands aux submersibles de guerre

Après le téléphone de Pierre-Yves, j'ai tenté pour une deuxième fois de convaincre mes sept tantes de déménager de quartier de toute urgence. Mais, comme personne ne veut rien comprendre dans cette maison..., il a bien fallu que je retourne à l'école Reine-Marie le lendemain matin. Même si j'avais honte! Si honte! Tellement honte!

Il avait dû pleuvoir toute la nuit... Sur les trottoirs, il y avait des flaques d'eau partout.

Enfin, je m'en foutais comme de ma première paire de chaussettes que l'eau s'infiltre par les six trous de mes souliers.

Je me suis même imaginé que mes souliers de course étaient deux sous-marins allemands qui sombraient au fond de l'océan.

Normal, je marchais exprès dans les flaques et l'eau pénétrait de toutes parts par six hublots ouverts.

Je me suis dit aussi qu'en étant bien cachée derrière mes lunettes noires et en m'occupant l'esprit avec les submersibles de guerre..., j'oublierais la sapristi de mocheté de lettre anonyme de dix pages que j'avais écrite, par erreur, à ma meilleure amie.

J'ai cru que j'oublierais surtout le jour où Pierre-Yves Hamel l'apprendrait. Le jour où ce sera à mon tour de recevoir dans un grand sac... mon foulard de laine, un bibelot en forme de chat, quatre livres dont vous êtes le héros et toutes mes lettres d'amour.

Mais en entrant dans la cour de l'école, j'y pensais toujours. Pire, je me creusais les méninges pour trouver une façon de dire à Julie Morin qu'elle n'était pas celle que je pensais.

Une façon de lui dire qu'elle n'était pas si intrigante, si hypocrite, si sournoi-

se, si jalouse, si colporteuse et si préten-
tieuse. Une façon de lui dire qu'au fond
elle n'était pas du tout le vrai SERPENT-
SCORPION décrit dans tous les livres de
tante Flo!

Je n'avais rien trouvé encore quand
celle que j'avais insultée injustement pendant dix pages s'est approchée de moi en
me demandant le plus sérieusement du
monde:

— Tu veux me dire pourquoi, Rosalie
Dansereau, on ne te voit plus répéter?

Et sans reprendre son souffle ni rien:

— Je te jure qu'à la fin, tes *flap,* tes
shim sham, tes *triple time steps* et même
tes *wing* et tes *pull back* s'amélioraient
drôlement!

C'est bête, mais j'ai fondu, fondu, fondu. Un peu par étapes. Un peu comme un
litre de crème glacée égaré dans un four
à micro-ondes.

Je ne comprenais toujours rien à son
charabia, mais... il n'est pas toujours nécessaire de comprendre pour savoir qu'on
vous complimente! Qu'on vous encoura-
ge! Qu'on vous aime, quoi!

J'ai espéré de toutes mes forces que
ma meilleure amie n'avait rien deviné.

J'ai espéré, mais quand elle s'est approchée davantage pour me dire entre quatre yeux:

— Tu sais, Rosalie Dansereau, je ne crois plus ni à l'astrologie chinoise ni à l'horoscope occidental.

Je ne savais plus quoi penser.

Et, ma foi, j'étais complètement, complètement perdue quand elle a ajouté:

— C'est justement à cause de l'heure exacte de ta naissance!

Et ma meilleure amie s'est mise à m'expliquer que, selon ces nouvelles coordonnées..., je ne serais ni plus ni moins qu'une sorte de pâte molle, genre guimauve, qui ne prenait aucune initiative et qui passait son temps à imiter les autres! Ce qui, selon elle, n'avait rien à voir avec la réalité.

Et, toujours selon elle..., si la théorie était en si complète contradiction avec la réalité..., c'est que la théorie n'est pas scientifique du tout! Donc que l'astrologie est de la bouillie pour les chats!

Bref, ma meilleure amie a osé m'avouer:

— Je l'ai toujours su, au fond, que tu avais et le talent et la tête de cabochon pour devenir une grande vedette. La preuve, tu as déjà un *fan club*.

Pour me le prouver, Julie Morin m'a même tirée par la manche jusqu'à l'autre bout de la cour.

En chemin, elle m'a dit que ma première fan s'appelait Léonie Legris. Mais une fois là-bas, j'ai reconnu tout de suite la petite fille de deuxième année qui avait répété derrière elle:

— On t'aimait bien plus quand tu voulais soigner les chats, les chiens et les pigeons.

La petite Léonie était tournée vers le mur de l'école, elle aussi, et... elle dansait. Pendant qu'elle dansait, dansait, dansait, j'ai reconnu, geste par geste, mouvement par mouvement, les pas de la GRANDE FINALE du meilleur film de Fred Astaire.

Enfin, quand Léonie s'est arrêtée, elle s'est retournée et son visage s'est éclairé. Elle a fait un geste comme pour me toucher, mais elle n'a pas osé. Elle a seulement dit, un peu gênée:

— Mon rêve..., c'est de devenir aussi bonne que toi un jour!

Puis, levant tour à tour son pied droit et son pied gauche, elle m'en a montré le dessous:

— Tu vois, j'en ai collé six, comme toi, avec de la *Crazy Glue!*

C'est bête encore, mais... je suis restée figée là. Trop saisie, trop émue, trop surprise pour dire quelque chose. À la fin, j'ai seulement relevé mes lunettes pour lui sourire.

Je crois bien que je souriais encore quand Julie Morin lui a proposé, sans me consulter ni rien:

— Je suis sûre que Rosalie accepterait de te donner des cours.

Là, je suis certaine d'avoir cessé de sourire. Donner des cours! Donner des cours..., elle charriait un brin, mon amie Julie!

Puis je me suis mise à penser à mes sous-marins troués. Et plus je pensais à mes godasses percées, plus la petite, elle, se pendait à mon tee-shirt comme pour me supplier. Finalement, j'ai dû répondre, bien malgré moi:

— On commencera la semaine prochaine, si tu veux.

La cloche de l'école s'est mise à hurler. Il était temps, parce que Léonie Legris insistait drôlement pour que les cours commencent tout de suite.

J'avais cru l'échapper belle... J'avais cru, en entrant dans la classe, que ni Léonie ni ma meilleure amie n'avaient deviné à propos de mes semelles. Mais, sitôt assise à son pupitre, Julie Morin s'est retournée et m'a demandé, un peu trop fort à mon goût, d'ailleurs:

— C'est quoi, l'idée, au juste, de faire des trous dans tes souliers, Rosalie Dansereau?

J'ai pensé tout de suite à la pâte molle, genre guimauve, qui hier, avait abandonné son grand rêve pour redevenir comme les autres.

Pour ne pas qu'elle s'imagine que j'étais le sapristi de petit CHEVAL-GÉMEAUX que j'étais réellement, je ne sais pas ce qui m'a pris de lui souffler à l'oreille:

— C'est la faute de tante Béatrice! C'est elle qui m'a forcée à découper mes souliers! C'est elle qui en avait assez que j'abîme son plancher!

Julie Morin qui connaît bien le Céleri surveillant a soufflé à son tour:

— J'ai toujours su que ta tante Béatrice n'était pas facile!

Et c'est moi, moi qui ai ajouté comme la pire lâche, la pire menteuse, la pire *détourneuse* de vérité de la terre:

— Pas facile...! Pas facile...! Tu es bien bonne... Tante Béatrice, c'est un MONSTRE!

Ensuite, je n'arrivais même plus à m'occuper l'esprit avec des submersibles

de guerre, ni à suivre les cours, d'ailleurs. J'ai passé presque toute la sapristi
de mocheté de journée à penser ou à
Pierre-Yves ou à Julie Morin ou à Béatrice Dansereau.

Chapitre IX
Comme un rêve

Il y a des nuits, des sapristi de mocheté de nuits où il est bien difficile de s'endormir. Même s'il est deux heures du matin. Même si l'on est couchée dans son lit.

Enfin, si ce soir je n'arrive pas à dormir, ce n'est ni parce que je suis la pire menteuse, la pire hypocrite et la pire lâche de la terre. Ni parce que Pierre-Yves Hamel s'imagine encore que je suis une fille franche et directe! Ni même parce que, lundi prochain, la petite Léonie m'attendra à l'école pour son premier cours de claquettes!

Si je n'arrive pas à dormir, ce n'est pas non plus parce que Marise Cormier m'a téléphoné pour m'offrir sa paire de vieux souliers. Ni parce que Marco Tifo m'a appelée pour m'inviter à répéter dans son garage. Ni même parce que mes sept tantes viennent de m'inscrire à la meilleure école de danse du Québec. Ni même parce que tante Béatrice vient de me donner, à certaines conditions, bien entendu, la plus belle paire de souliers à claquettes avec des fers et tout.

Non, si je n'arrive pas à dormir..., c'est que je viens de terminer la plus longue, la plus épaisse et la plus énorme lettre anonyme jamais composée.

Et ça n'a pas été de la tarte, de copier toutes, absolument toutes les qualités, non seulement des SERPENTS-SCORPIONS..., mais de tous les signes de l'astrologie chinoise et de l'horoscope tout court de la bibliothèque de tante Flo.

Trente-trois sapristi de pages en tout! Trente-trois sapristi de mocheté de pages de compliments mis bout à bout! Et si je n'arrive pas à dormir, c'est que j'ai tellement hâte de la glisser dans son pupitre demain. Tellement hâte de voir Julie Morin lire, puis relire que dans les pires catastrophes... les amis les plus sûrs sont justement les SERPENTS-SCORPIONS.

J'ai tellement hâte surtout de la voir se

retourner pour me dire:

— C'est la plus belle lettre anonyme sans faute que j'ai jamais reçue, Rosalie Dansereau!

Ensuite, je pourrai peut-être reprendre le coton ouaté de mon héros, sa montre *Swatch* et toutes ses lettres d'amour. J'aurai peut-être le courage de lui avouer, un jour, qu'il m'est arrivé, à moi aussi, d'avoir l'envie incontrôlable d'écrire une lettre à quelqu'un sans signer. Une lettre de trente-trois pages, justement.

S'il y a des nuits où l'on n'arrive pas à dormir, il y a aussi des jours où l'on a le goût d'embrasser tout le monde. Des jours où quarante-deux paires de lunettes noires superposées laissent même passer le plus petit rayon de soleil.

Des jours où l'on n'a plus une miette envie de déménager, de changer d'amis et de quartier. Des jours où l'on n'est plus une miette découragée d'avoir sept mères pour vous élever.

Enfin, il y a des jours où l'on sait qu'on a presque tout pour devenir la plus grande danseuse à claquettes sur clip du boulevard Saint-Joseph. De l'Amérique du Nord. Et peut-être de l'Europe et de l'Asie aussi.

Alors, même s'il y a des nuits où, à deux heures du matin, on n'arrive pas à dormir..., on est si heureuse, on espère tellement qu'on est déjà dans une sorte de rêve! Un rêve où sa meilleure amie raconte partout des sapristi de mocheté de belles choses sur vous.

Épilogue

C'est terrible comme je connais bien ma meilleure amie Julie...

La preuve, le lendemain, ça s'est exactement passé comme je l'avais espéré. Enfin, presque, puisqu'elle a tout de même ajouté après avoir lu et relu mes trente-trois pages:

— Tu es folle, Rosalie Dansereau, une dizaine de pages comme l'autre lettre aurait pu faire l'affaire... quand même!

C'est terrible aussi ce que j'apprends à la plus grande école de danse du Québec. Non seulement j'apprends à parler avec mes pieds, mais je comprends le charabia.

Je veux dire que je sais maintenant que les *flap*, les *pull back*, les *shim sham*, les *irish time steps*, les *wing*, les *travelling*, les *riff*, les *brush*, et les *shuffle* sont les noms précis de certains pas de danse, de certains mouvements ou de certains enchaînements.

Je sais aussi que j'ai du chemin à faire pour devenir aussi bonne que Fred Astaire. Mais ce n'est plus un problème..., parce que maintenant, dans la cour, on est douze âmes sœurs qui répètent comme des déchaînées. On ne répète plus la grande finale de qui vous savez, mais une danse de notre invention.

C'est pour le spectacle de Noël à l'école. Et si tout le monde a hâte de porter son chapeau haut de forme, sa canne noire et son costume avec des paillettes..., hâte de claquer des pieds, de glisser, de sauter et de virevolter comme douze super vedettes..., moi, j'ai un peu peur, parfois.

J'ai peur de m'enfarger comme une sapristi de débutante. Peur de recevoir sur le coco un seau d'eau, une patate, un chou, un oignon ou un navet.

Julie Morin dit que j'ai trop d'imagination. Après tout ce qui est arrivé, j'espère qu'avec sa sapristi de mocheté d'intelligence, c'est elle, encore une fois, qui aura raison.

Table des matières

Prologue 11

Chapitre I
Un pauvre petit cheval-gémeaux! 13

Chapitre II
Comme un vrai dragon-lion 21

Chapitre III
Comme le pire serpent-scorpion 33

Chapitre IV
Comme Michael Jackson ou Fred Astaire 39

Chapitre V
Plus d'amis, plus de héros 49

Chapitre VI
Des choux et des oignons! 55

Chapitre VII
Des portes et des révélations 65

Chapitre VIII
Des sous-marins allemands
aux submersibles de guerre 71

Chapitre IX
Comme un rêve 81

Épilogue 87

Achevé d'imprimer
sur les presses de Litho Acme Inc.